KB235136

열리는 새날에

열리는 새날에

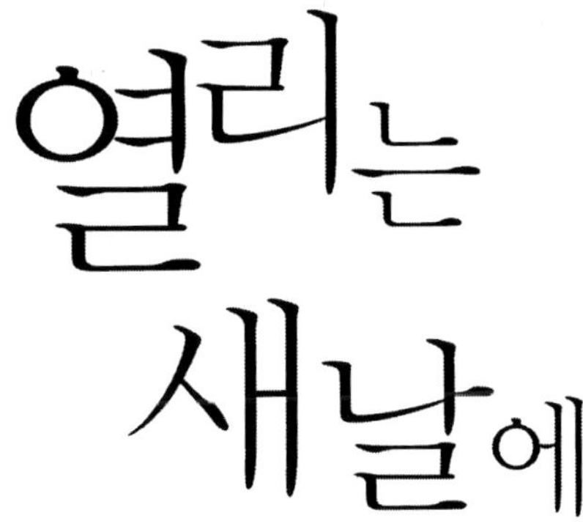

월랑 문희주 신앙시집

이담 Books

序詩

고 백

海를 안고 지구를 돌고 또 돌아
사흘 바닷길 항구를 그리던 날
곤한 나의 몸 고향 바랐더이다

갑판에 피 토하고 머리를 들자
하늘은 노랗고 몸은 휘청
갈매기 앞질러 육지 알려도
어쩌랴 이 내 몸 소망 잃었더이다

임이 내게 읽으라 권하시기에
말씀 중에 오실 임 만났더이다
임이 나와 함께 한다시기에
그분 향한 나의 고백 詩가 되었더이다

Ⅰ. 열리는 새날에

계시를 받은 이여

산다는 것이 아픔일 때

믿음은 화살로 꽂혀 기숙하였다

인간의 폭력 위에 역사 하시는 그분은

공포의 하늘 너머 바라보신다

아버지와 아들과 그대가 본 일들

읽는 자 복되고

듣는 자들 복되고

지키어 행하는 자들 복이 있도다

마음의 주판을 멈추고 주께 맡기라

그대 헛된 꿈을 때가 되면 알리라

구름 타고 오신다

각인이 보리라

찌른 자도 보리라 애곡할지라

나는 알파요 오메가니

읽어라

들어라

지켜 행하라

복 있어라 계시를 받은 이여!

열리는 새날에

에게 해 검은 바다 잠든 고요를 깨운다

웅크린 짐승
비굴한 몸짓
가슴을 조이는 뱀
노여운 용의 꼬리다

밧모의 하늘을 여는 나팔 소리다
그대 영혼을 깨우리니
공모하던 어둠이 바다를 내어 놓고
아픔은 피가 되어 바다로 퍼진다

밧모의 아침
섬
섬
섬
섬을 낳고 . . .

죄악의 바다에서 잉태한 섬이여
잠든 그대 영혼이여

일곱 등경 황금 불, 불꽃같은 눈이다
풀무 불 단 놋쇠 발, 낮 같은 얼굴이다
날카로운 쌍날 검이 날아와 꽂힌다
그분의 말씀이다

쓰러져 죽은 이여 일어나거라
두려워 말라 알파와 오메가다 죽었다 산 자다
열쇠를 가졌다 일어나거라

내가 본 것
이제 일과 장차 될 일을
기록하여 전하라
증거 하여라
믿는 이들에게 전할지니라
그대 영혼을 깨우리라 열리는 새날에

귀 있는 자 들어라

귀 있는 자 들어라

들어라 귀 있는 자들이여

그날에 말씀하신다

그의 영이

그날에 말씀하신다

카할들에게 하시는 말씀

말씀 들을지이다

듣는 자가 깨달으리니

두 귀가 울리리라

깨달아 결실하여 열매 맺으리니

삼십 배

육십 배

백배뇌노록

덤불 사르고

돌 골라

깊게 간 자리

싹트고 자란다 복된 소리

때가 오기를 기다리는 이는

때가 오기를 기다리는 이는
기억해야 할 것들이 있다

변하는 삶의 순간에도
변하지 않는
삶의 원칙이 있음을

앞서 가려 하지 않고
자랑치 않음은
게임의 규칙을 기억함이다

섬김은 가장 낮은 자리
종 되어 아래 있는 사람은
더 이상 높이울 게 없다

알 되어 눈 뜨고

올챙이 때를 기억하는 이는
자신이 있어야 할 자리를 안다

때가 오기를 기다리는 이는 기억해야 할 것들이 있다
변하는 삶의 순간에도 변하지 않는 삶의 원칙이 있음을

화 있을진저 에베소여

아시아의 빛

너 에베소

허영의 시장 되어 흥청이누나

아라비아 상인과

로마의 여행자

뵈니게의 뱃사람

순례자의 발을 붙잡는 이어!

카이스텔 강변서 몸을 씻고

에게 해 달로 나온 다이애나는[1]

풍요의 신이 되어 유혹하도다

상인의 부요와

여행의 안전과

뱃사람의 무운과

순례자의 성취를 파는 자여!

너의 허영이 판단 받으리니
우상의 손길 찍히우리라
화 있을지로다 에베소여!

---

1) Diana: 에베소 지방의 여신, 아데미 신전에서 섬겨진 여신으로 로마 신화에서는 수목의 여신이었다. 후에 달의 신, 풍요의 신, 다산의 신이 되었다. 길이가 낮고 검으며 여러 개의 유방을 가지고 있다.

첫 사랑을 찾으라

우상은 죄를 만들고
도시는 죄악을 먹어도
파헤쳐 뿌리는 의의 씨앗이여

땀과
눈물을
닦고 훔치는
동역의 손이여
발이 된 이들이여

약한 듯 깨끗한 목자 디모데
물 주어 키우던 생육자들
부부 집사 아굴라와 브리스길라
씨 뿌려 삼 년 열매 맺혔다

착한 행위

수고의 땀과

인내의 열매들

용납지 않은 악과

드러낸 이단의 폐해와

게으르지 않았던 열심도 아노라

그러나 부족한 하나를 책망하나니

네 소년의 때의 우의와

네 결혼의 때의 사랑을 기억하노라

첫 사랑을 찾으라

너 에베소!

내 사랑 에베소

내 사랑 에베소여 돌이켜 보라
복사꽃 봄날 아지랑이가
꿈처럼 아른대던 옛날이야

날마다 마음 모아 만났었구나
만나서 떡을 떼며 나누었구나
온 백성이 부럽던 연인이어라

가 버린 날들이
다시 온다면
잃었던 날들을
돌이킨다면
처음 사랑 회복하여 너 찾았으리

그때 내가 주리라
생명수강 강변의 생명나무

잃었던 생명과를 얻게 되리라
네 신혼 밤의 촛대를 옮기울지니
그분이 오기 전에 회개하여라
내 사랑 에베소여 돌이켜 보라

서머나여 일어나라

파고스 언덕에 탑
관을 쓴 여왕은
기슭의 숲으로 옷 입었어라

허무스 계곡의 드러낸 다리
에게 해 깊숙이 발 담그고
무지개 꽃 피어 향기로워라

제우스 신전에서 구벨레 언덕까지
도시의 불빛을 꿰매었더니
번쩍이는 휘황 찬 목거리구나

샛바람 속삭이던 루디안이
어느덧 뇌성벽력 폭우가 되고
무심히 쓰러져 삼백 년 흐른
서머나여 일어나 잠을 깨어라

알파와 오메가다 부활의 주시다

환난과 궁핍을 기억치 말라

고난과 시험을 두려워 말라

네가 죽도록 충성하라

내가 생명의 면류관을 네게 주리라

하늬바람아 불어라

다시 또 우거진 숲에 열매 맺혀라

둘째 사망에 잠들지 않을

갈바람에 일어나라,

일어나라 서머나야!

한번 죽은 이는 다시 죽지 않는다

삭풍 로마여 불어라,

불어라 죽지 않을

나는 가이사에 죽었어도 다시 살아나리니

이 몸 불꽃이 두렵지 않다

순교자여 굳세어라 남자답게 싸워라![1]

그분만이 오직 가이사시니

내게는 오직 주님뿐이라

살아서 빈곤이 벗하여 울고

로마가 마련한 또 하나의 집 있으니

투옥이 다하면 죽음이리라

회칠한 무덤이 평안이라면

차라리 죽어서 다시 살리라

한 번 죽은 이는 다시 죽지 않는다

---

1) 서머나의 감독 폴리갑Polycarp은 순교하기 위해서 원형극장으로 들어갈 때 하늘로부터 들려오는 소리를 들었다고 전한다.

왕도 버가모

왕도는 지중해를 바라며
명예는 가이쿠스 평원에 펼쳤어라

대왕의 말굽 소리 잠들어
왕의 영화도 사라졌는가?

가이쿠스 강물은
오늘도 흐르는데 · · ·

책의 성 버가모

지식을 사랑하고
문화를 아끼는 버가모여!

나일의 파피루스 종이를 바랐더니[1]
페가멘트 양피지를 만들었구나[2]

사도를 유혹하던 책의 성 버가모
이십만 장서가 그대 영화라.

---

1) 이집트가 원산인 파피루스Papyrus는 나일강 강가에서 나는 불가식물의 속을 뽑이네이 잘게 빻아서
   압축하여 만든 종이로서 신약 성경은 파피루스Papyrus로 쓰여졌다. 영어에서 말하는 페이퍼Paper
   라는 말은 여기에서 나왔다.

2) 버가모의 파치먼트Parchment는 이집트가 Papyrus를 금수 조치하게 되자 양가죽으로 종이를 만들
   게 되었다. 구약 성경은 양가죽 종이 위에 쓰여졌다.

신 위의 신

하루 내 제사연기 피어오르는
야만의 거인 무찌를 전장戰將 제우스,
제우스가 신으로 군림하고

십자가를 기어오르는
치유의 뱀신 아스클레피오스 뱀
그도 신으로 경배받는다

가이사는 주시라 로마는 말한다
시민권을 박탈하고 혁명가로 지목하는
생사의 여탈자 가이사

그러나 사단의 위라
가이사의 검보다 더 날이 선
좌우의 날이 선 검으로 지키리라

제우스는 신화

뱀은 미물

가이사는 한갓 피조물일 뿐

주님만이 오직 신 위에 신이시다

나를 믿어라 버가모야!

그대 내 이름 믿었기에
죽임을 당한 이
사단의 왕좌에 굽히지 않고
사단의 가르침을 거부한 이여!

달콤한 속삭임을 사주하던 이
우상의 제물로 다가온 손길
육탄의 여인도 거부하고
진정 주님만을 사랑했어라

그러나 뉘우치리 너 버가모
살짝 나아가 밀애하는 자
날카로운 쌍 날 검이 내 입에 있으니
내가 그들과 싸우리라

진실 된 증인 안디바

그는 승리하였다
그에게 만나를 주고 흰 돌도 주리니
거기 새 이름을 적어 주리라

내 이름 믿는 이만 알 수 있는
내가 주는 흰 돌을 누가 알랴
아무도 알 수 없는 비밀한 것
그대 보기 원하면 나를 믿어라

하늘 떡

썩어질 양식을 먹고 살았네
광야의 만나를 사모하였네
조상들이 먹고 죽어 간 떡을

영생하도록 있는 양식
생명의 양식을 사모하였네
너와 내가 먹고 영생할 떡을

지금은 감추어 보이지 않는
비밀한 그 곳에 감추어 두었네
이긴 자에게만 주시는 만나를

흰 돌에 내 이름

값진 돌 하나

하늘에서 떨어져

그 백성들에게 귀한 선물

선물 꿰어 셈 배우듯

주님 세시는

그 백성 중에서 구원된 무리

무리들 판견한 때

놓아 둔 흰 돌

흰 돌 골라 무죄 의롭다 하신다

의롭지 않아도 흰 돌 있으면

값진 생명의 선물이어라

승리하는 자는 상 받으리라!

승리의 수만큼 행복한 날

그대 이름 쓰고 도우리라고

주님 흰 돌에 내 이름 쓰고 · · ·

Ⅱ. 때가 가깝다

주님 너를 보신다

허무스 강 건너는 서머나의 땅
가이쿠스 강 건너는 버가모의 땅
버가모 다리 건너 사데로 가는
빌라델비아, 라오디기아로 이어지는 길

왕의 명령이 메아리되어
동방의 산물들 모여들던 곳
마케도냐 칼이 머물러 사는
서울의 전초 두아디라 땅

루디아의 고향 장사치 고향
자주 장사
염색 장사
모직 장사
피혁 장사
면포 장사

청동 도자기

제빵 업자

노예장사들에 이르기까지

범의 눈썹

호랑이 뼈

곰 발톱은 없어도

있을 것은 다 있는 아시아 바자르

한데 모여 존속하여 조합이 되고

모여서 문란한 나눔이 되니

이사벨의 강력한 우상의 모임

그러나 주님 너를 보신다

네게 주리라

사랑하였기에 섬겼던 주님,
주님 충성하려고 인내하였네
네 사업 많고 바쁠지라도
네 나중 행위가 처음보다 많은데

누가 너를 꿰이던가
사단의 길을 알지 못하니
거짓 선지 이사벨을 용납함이라
행음하고 우상 제물 나누었도다

침상에 저들 던지우리라
환란 중에 저들 던지우리라
사망으로 저들 자녀 삼키우리라

주석같이 빛난 발 딛고 서신 분
주님이 너를 지켜보신다

불꽃같은 눈으로 바라보신다
숨겨진 가증함 심장 깊은 곳

그러나 굳게 붙잡으리
주께서 행위대로 갚으시리니
끝까지 지켜 이겨라
내가 올 때까지 지켜 이겨라

만국을 다스릴 고퇴를 주리니
질그릇 깨뜨릴 철장 권세라
네게 주리라 새벽 별까지
두아디라여 네게 주리라

죽은 성 사데여!

몰루스 산 솟아 성 이루고
절벽은 깎아질러 요새였어라

굴 따라 흐르는 금강 팍톨루스
금싸라기 부요로 코가 높구나[1]

교만이 잉태하여 사치를 낳고
사치가 장성하여 타락한 세월

튜닉에 청년이 리라를 켜고
버스킨에 처녀가 춤을 추도다[2]

창 버려 저울 들고
칼 버려 전대 메고
위엄과 화려만 자랑하는
안일에 맡겨 버린 성이여 사데여!

일깨워 있으라신 주님의 말씀

그 음성 잃고 취해 버린 성

골짜기 방심한 틈, 틈새에 초병

초병마저 잠든 성이여 사데여!

살았으나 칠백 년 죽어 살았다

폐허 위에 찬란했던 옛날은 졸고

허무스 옥답마저 허허로워라

산송장이다

퇴폐한 카할이다

살았다 하나 죽은 성이여 사데여!

---

1) 팍톨루스 강은 사데 도시 아래로 뚫어진 굴을 따라 흐른다. 그 강에 금싸라기가 들어 있는 물이
   흘러 사데를 부유하게 하였다고 한다.
2) 사데의 크뢰소스 왕은 청년들에게는 무릎까지 내려오는 긴 옷인 '튜닉'을 입게 하였고 처녀들에겐
   무릎까지 오르는 '버스킨'이라는 부츠長靴를 신도록 명하였다고 한다.

죽을 나도 부활할 줄을

죽은 자 가운데서 살아난 이여
죄로 죽은 나를 살리소서
허물로 죽을 나도 살리소서

의지는 약하여 죄에 주고
죄가 나인 양 먹고 살았네

종이 되어 무력하게 질식해 버린
영혼아
영혼아
아, 내 영혼아!

언제는 망설임도 뒤섬도 있더니
수치와 가책도 팔아 버려
떨림두 후회두 죽어 버린
양심아
양심아

아, 내 양심아!

고고한 꿈은 욕망에 타고
아름다운 소망도 더럽혀진
그의 사랑 어디에 버리었는가?
믿음아
믿음아
아, 내 믿음아!

나는 믿네 십자가 보혈
보혈의 그분을
그분의 은총을

나는 믿네
부활의 주,
부활의 주님을 나는 믿네
죽을 나도 부활할 줄 나는 믿네

부활의 주

삭풍 한설 더할 때
박히우고
찔리워
쏟아 내린 물이여
피여!

한 알 씨앗이 되어
어둠으로 다가와
동토에 묻히우다

죽여진 이들[1]
버려진 이들 중에[2]

솟아난 싹이여
피어난 꽃이여!

아무도 잡아 둘 수 없는

부활의 우리 임은

향기 되어 퍼진다

나비 되어 나른다

---

1) 이들은 로마 군병이나 예수님을 죽이는데 앞장섰던 자들이다.
2) 예수님을 따르다가 예수님이 잡히어 죽게 되자 버리고 떠난 자들이다.

영원한 경계는 자유의 대가
영원한 경계심은 구원의 대가
깨어 믿음에 굳게 서라

굳게 서라 자다가 깰 때라
자유의 대가를 치루라 하네
구원의 대가를 치루라 하네
우는 사자 사난이 너를 찾는다
시험에 들지 않게 깨어 있어라
깨어서 기도하라 자다 깰 때라

종말이 달려온다, 그대 향하여[1]
주님을 바라라 잊지 말아라
내 온전함을 주께 보이라
생각하라 주님의 피로 산 언약
회개하라 돌이키라 잘라 고치라

복음의 명함을 지켜 행하라

깨어 믿음에 굳게 서라
자다가 깰 때라 기도할 때라
주께서 이르신다 때가 가깝다

1) 신학자 오스카 쿨만은 그의 종말론에서 우리가 미래를 향하여 가는 것이 아니라 종말이 우리를 향
  하여 달려온다고 하였다.

이기는 자에게 임하실 날

이기는 자에게 임하실 날

변화 산에 베드로가 소망을 하던
해보다 빛난 주님 주실 옷
청결한 자만 받을 수 있는
승리한 자만 입을 수 있는
이기는 자에게 주시는 흰 옷

이기는 자에게 임하실 날
그대 이름을 기록해 주리
다시는 흐려지지 않을 생명책에
심판 날에 구원될 생명의 이름
기록되지 않으면 잊힐 이름
주 얼굴 가리우면 버리올 이름
죄악에 빠지면 지워질 이름
이기는 자만을 기록하시리

이기는 자에게 임하실 날
이기는 자를 주님 안다 하리라
아버지와
아들과
천사들 앞에서도
세상과
칼과
돈 앞에서
주 이름 믿노라 고백했으니

이기는 자에게 임하실 날
주님 나를 안다 하시네
이기는 자에게 임하실 날에

평화의 문 열어

헬라를 지나서 로마에까지
광대하고 공의로운 문 열리다
나는 양의 문이라 말씀하시던
문 되신 주님 찾아가려네
평화의 문 열어 찾아가려네

그분을 맞으려 나아가리라
내 마음 문 열어 나아가리라
마음 문 열면 내게 오시리
문 열어 맞으러 나아가려네
평화의 문 열어 맞으러 가네

기도의 열쇠 들고 나아가려네
새 시대 새 왕국 그분의 나라
평화의 왕 뵈오려 나아가려네
평화의 왕이 나를 기다리시네

상급을 약속받고 나아가는 길

멸시하던 자들 네게 엎드려
옷자락 붙잡으며 간구하겠지?
주님이 나만을 안다 하시며
님이 나만을 맞아 주시리
평화의 문 열어 맞아 주시리

네 주님 네게 오셨나보다!

거룩하다

진실하다

열쇠를 가지신 이 어디 계시나

변방의 국경 돌아 예 오실까

빌라델비아여 네 주님 네게 오시었는가?

타버린 평원

잠자는 화산

갈라지고 뒤엉켜 잠들지 않는 땅

흔들리는 도시 빌라델비아

빌라델비아여 네 주님 네게 오시었는가?

터질 것 같은 용기

흔들리지 않는 너의 침착함으로

자기 형제를 사랑하는 자 빌리델비아

빌라델비아여 네 주님 네게 오시었는가?

모슬렘 발굽에 굽히지 않고
헬라의 지혜를 부러워 않는
가슴 깊이 주님이 오시었구나
용기로 사랑으로 오셨나 보다

빌라델비아여 네 주님 네게 오셨나보다!

기둥에 내 이름

보아스와 야긴
솔로몬의 성전 기둥
충성된 증인같이 기둥 되리라

베드로
야고보
요한 형제들
예루살렘 교회 기둥 되었듯
기둥 되리라 이름 영원히

새 이름 부르리라 그들과 같이
아브라함
이스라엘
베드로
바울

기둥 되리라 그들과 같이
새 이름 부르리라 그들과 같이

그래도 하나님 뵈지 않는가?

메안델 강 흐르는 계곡을 따라
로마의 평화도 함께 흐른다
오리엔탈 나아가는 라오디게아

쌓아 놓은 부요가 교만을 낳고
강한 자력이 독립을 키운다
로마의 힘도 빌리지 않고
하나님의 도움도 외면하누나

양모로 부드럽게 몸을 감싸고
매끄러운 튜닉을 자랑하여도
하나님 보시기는
벌거숭인 걸 · · ·

법으로 하나님 규정해 놓고
그러면 하나님 네게 보일까?

돈으로 하나님도 사려 하는데
그러면 하나님 네게 보일까?
안약 넣고 눈 비벼 하늘을 보게
그러면 하나님 네게 보이리

토하여 내치리라 라오디게아

진실로 진실로 아멘이신 이
충성되고 참된 증인이신 이
만물도 그로 지은 바 된
그 이가 부르신다 라오디게아

금을 사거라 부요해져라
흰 옷을 사거라 수치 가리게
안약을 사거라 주님을 보라
그 이가 찾으신다 라오디게아

사랑하는 자를 책망하나니
아들이면 징계하리 열심을 내라
아들이면 징계하리 회개를 하라
내 보좌에 앉으리라 약속하는 이
그이가 이르신다 라오디게아

불러도 대답 없는 침묵의 아들

찾아도 뵈지 않는 라오디게아

일러도 지키지 아니한다면

토하여 내치리라 라오디게아

Ⅲ. 계시를 이루리라

할렐루야 찬양하라 보좌 앞에서

할렐루야 찬양하라 보좌 앞에서

벽옥이요 홍보석 녹보석 같이

보좌에 앉으셨네 왕 되신 이

무지개 둘러 치여 황홀하여라

그 빛은 번개

그 소리 뇌성

열두 대문 열두 족장 성민의 대표

열두 성벽 열두 사도 주님의 제자

스물네 겹 병풍처럼 거느리신 보좌 앞에

금 면류관 흰옷이 신비롭게 빛나는

충성된 증인에게 약속한 상급

면류관 드려 고귀한 경배

할렐루야 찬송이 성결하여라

누각의 들보를 물 위에 펴고

바다는 수정 같아 유리를 펴다
크고 아득한 유리 바닷물

할렐루야 찬양하라 보좌 앞에서
부복한 일곱 영이 거기 있어
성도와 교회를 지키시던 영이라
주님의 판결을 기다린다
주님의 성호를 기다린다

거룩하다 찬양하라 천사와 함께
전능하다 찬양하라 천사와 함께
영원하다 찬양하라 천사와 함께
존귀하다 찬양하라 천사들 함께
감사하다 찬양하라 천사들 함께
할렐루야 찬양하라 보좌 앞에서

주께서 만물을 창조하셨다

그분의 은총을 찬양할지라

주께서 만물을 심판하신다

할렐루야! 그분을 찬양하여라

할렐루야! 찬양하라 보좌 앞에서

하늘 문이 열린다

머얼리
몰려오는 흰 구름 한 떼
솜처럼 내려온다
나팔 소리 들리고

가까이 다가오는 무리들
세마포 낯익은 모습들이여
그분이시다
주님의 손짓이 보인다

둥지를 틀던 암탉의 소리처럼
알이 깨지듯 무덤은 열리고
깨어난 성도들이 새가 된다
더 높이 날으는 새 떼

흰 구름 변하여 불비 나릴 때
떠는 해 별들도 빛을 잃은 데
나팔 소리 가운데 하늘 문이 열린다

어린양을 찬양하라

하나님 오른손에 들려 있다
안팎으로 가득 쓰고
일곱 번 인봉한 오른손의 책
천사가 외쳐 소리친다

그 누가 책을 펴고
그 누가 인을 떼며
그 누가 책을 볼까 오른손의 책

주어도 펼 수 없고
주어도 뗄 수 없고
주어도 볼 수 없는 오른손의 책
그래서 요한은 울었습니다

다윗의 뿌리로 오신 어린양
보좌에 오른손 책 받아 들 때

하늘 가득 성도의 향기 퍼진다
천사에게 드려 올린 성도의 기도

세계 모든 이를 피로 사고
하나님께 드려져 제사장 되니
이제 땅에서 왕 노릇하리
이제 하늘에 찬양받으리

천사여 찬양하라
어린양 주님을 찬양하여라
경배하라 장로들이여
만물이여 찬양하라 경배하여라

고통의 날에

절망은 죽음에 이르는 병
그러나 그대 절망치 않는다면
고통은 그대를 죽음에 이르게 하지 못하리

내가 있기에 고통당하는 것
고통은 존재의 표현일진대
많은 친구가 무용함은
고통을 나눌 수 없었음이리

고통이 나와 하나 되고
고통이 나를 몰아 광야로 갈 때
고독이 따라와 친구가 되리

불같은 태양 그대 사르고
칼 같은 추위 휘감아 도니
낮도 밤도 내 것이 아니 된 것은

그 모든 날들이 주의 것이리

주의 노에 소멸하고
분 내심을 떨쳐 내면
그대 정금 같이 다시 나오리
죄악의 옷 벗고 다시 나오리

흰말을 타고 오는 자

사자 같은 생물 첫째 인 뗀다
흰말을 타고 오는 재앙의 사자

면류관을 받고도 쉴 줄 모르는
이기고 이기려는 정복자인가?

욕망은 타오르는 산불
끓어오르는 해일 같은 것
파르디아 말인 듯 무서운 발굽소리
니무롯의 화살인 듯 날쌘 촉이다

가장된 의로 승리를 부르는
재앙의 말이여 비극의 환상이여
그분을 가장하고 거짓된 의로 평화를 약속하는
적그리스도다!

붉은 말을 타고 오는 자

송아지 같은 생물 둘째 인 뗀다
붉은 말을 타고 오는 재앙의 사자

사람이 사람을
나라가 나라를 대적케 하는 자

지구로부터 화평을 빼앗아
미움으로 큰 칼을 가는 이여

미움이 분열을 낳고
분열은 경쟁과 야심으로 자라고
야심은 이기적 욕망으로 회오리친다

피는 피를 부르며 종말로 달리는
전쟁의 재앙이여 피 붉은 재앙
붉은 말을 타고 오는 재앙의 사자!

흑마를 타고 오는 자

사람 같은 생물 세째 인 뗸다
검은 말을 타고 오는 재앙의 사자

한 데나리온에 밀 한 되요
한 데나리온에 보리는 석 되로다

타다 만 곡식을 저울질하고
경겁 중에 떡을 먹고 뛰는 자여!
남정네 종일에 데나리온 하나

그나마 질긴 목숨 연명하려고
전쟁이 쓸고 간 빈자리에
허기진 배 움켜줘도 고마운 날 품

포도주로 채운 배 기름 더 한들
불타는 그 속을 그 누가 알랴

청황색 말을 타고 오는 자

독수리 같은 생물 네째 인 뗀다
청황색 말을 탄 재앙의 사자

전쟁에 죽다 살아 기근 넘기고
기근에 죽다 산 질긴 목숨
사분의 일 권세 얻어 죽이려 드니
칼이요
흉년이요
짐승이리라

앞지른 온역이 사망을 잡아
배역의 값을 치르느니
찾아 온 죽음의 날 독수리 되어
붙잡지 못하누나 잿빛 날이여

재앙이 그물 되어
끌고 가는 죽음이여!

그 수가 차기까지

그때 다섯째 인 떼실 때
제단 아래 죽임 당한 순교자 영혼
신께 그 영혼 신원의 소리

그때 우리
주님의 이름을 인하여
우리의 믿음을 인하여 제물이 되었노라
고통과 죽음으로 내몰려
어린양 제물처럼 피 쏟았노라
피 흘려 생명
제단에 뿌리었노라

그때 주님
너희를 환난에 넘겨주겠고
너희를 죽이리니
너희가 미움을 받을지라도
그때 천사들 하나님의 증언을 상기하나니

부인치 말라 정의를
굽히지 말라 진리를
충성된 증인만 받으셨느니라

이제 우리
주여 우리의 신원을 기우리사
우리의 피 값을
그 피 값을 신원하여 주소서!
주여 어느 때까지이리까?

그러나 아직,
아직은 쉬라
잠시 동안 기다리라 내가 심판하리라
그때까지,
그때까지 세마포 흰옷으로 기다릴지라
죽임 받아 그 수가 다 차기까지 . . .

진노의 날에

멍석 말아 덮어버린 캄캄한 하늘

총담같이 빛 잃은 해 불러도 타버려 대답이 없다

달인들 홀로일까 피 토해 죽고

따 먹어 설익은 것

설사나 쏟아진 별들의 똥이다

흔들린 땅 산은 숨고 섬은 비켜도

바위틈 산과 굴에 숨어 살려 하는 자

진노의 큰 날을 어이 피하리

어린양 진노를 어이 피하리

찬양하라 영광의 주께

구원받은 자여

승리한 자여

이제는 쉬고 자기도 하라

그것도 지겨울 땐 아래를 보라

바람의 날개로 빨리 가서 불꽃으로 역사하는 천사들이다

교회와 지구와 그리고 모든 별들이 해 뜨는 데서부터 빛으로,

빛으로 인 가지고 나른다

성령의 보증,

보증의 인 맞은 자 채울 때까지 인 맞아 계약 기다림이니 만물 중

하나도 해치 못하리 택하신 당신의 인,

인 받기까지

영광의 그 수 십사만 사천

하나님은 삼위요

땅의 수는 사요

곱은 십이라

십이의 곱은 백사십사

세상의 수 일천을 곱하여 십사만 사천

하늘과 땅의 구원될 이 많아도 주님 영접 않으면 우리는 남남

어린양 예수를 믿음이라

어린양 예수의 피로 죄 씻음이라

그분을 모심으로 아들 됨이라

흰 옷 입고 천사와,

천사와 더불어 찬양하리니

경배하고 영광을 주께 돌리라

찬양하라 주님을

찬양하라 영광의 주께

나팔 불 때

숨 막히는 무서움이 흐른다
재앙의 징조는 태풍 전야

하늘은 적막하고 바다는 고요한데
하나님 공의 은혜의 시간을 예비하신다
인간이 회개할 마지막 시간

성도의 기도에 천성의 종은 요란히 울리고
하늘에 찬양도 멈추이리니
하나님이 친히 내려 보신다

향기 되어 오르는 기도는
예비한 숯불 향로에 담겨지고
향불 받은 천사가 땅위에 쏟으리라

비가 내린다 진로의 비,
진로의 비는 내리고 . . .

일곱 천사의 나팔 소리
왕의 행차를 알리는 나팔 소리
진격을 알리는 전쟁의 나팔

경고를 알리는 마지막 소리
마지막 울리는 나팔 소리다

계시를 이루리라

내려온다 구름 입고
소나기구름처럼 힘센 천사

무지개를 둘렀구나
소나기 뒤 끝에 해 같은 얼굴

바다 밟은 오른발
그 다리 길고
땅 밟은 왼발
일곱 우뢰 발하는 큰 소리다

이제는 인봉하여 기록치 말라!

그 손에 펴인 오른손에 책
지체하지 않으리라
일곱째 나팔

그 종 선지에게 계시한 말씀
세세토록 살아 계신 하나님 이름
계시를 이루리란 천사의 맹세

그대 구원을 찬양하라

깨닫지 못하는 사치와 안일

갈대자와 다림줄, 황충과 유황불비가

그대를 보존하리 성전을 측량하고

모세와 엘리야를 생각함이라, 두 촛대

율법과 선지의 말씀 그 증거는 입에 있으니

입에서 불이 나서 원수를 소멸함이라

하늘을 닫아 땅을 말리우고

물이 변하여 피가 되게 하리니

그때에 주님이 손을 펴리라

세상을 구원하려는 증인이여

피로써 복음을 전하던 이들이여

무저갱에서 올라 온 짐승,

짐승에 굽히지 않던 증인이여

그 곳은 큰 성 소돔이요 또 애굽이라

주님이 못 박히신 큰 성 예루살렘

그들이 시신을 버릴지라도

버려진 시신으로 뒹굴지라도

삼일 후에 생기로 들어가리니 그들 중에서,

그들 중에서 승천하리라

모든 이가 나와서 구경하리라

못 박은 자가 볼 것이요

찌른 자가 볼 것이요

버리올 자들이 볼 것이라

보던 열 중에 하나가 죽으리니

죽인 자의 땅이 흔들림이라

그대는 알라, 마지막 공포

그대는 깨달으라, 증인의 증거

그대는 찬양하라, 구원의 기쁨

하나님의 천년 왕국

이미 시작됐으나 아직은 아닌
그분을 왕으로 모시는 나라
그분만의 다스림을 받는 나라
이 나라 끝날 때에 이루어질
주님이 완성할 승리의 나라

주님 왕 노릇할 때
한 오백년 또 오백년 다시 살아도
불의 없고 비리 없는 깨끗한 나라
불신자도 사탄도 심판해 버린
순결한 백합 향기 넘치는 나라

하늘 성전은 열리고
잃었던 언약궤를 다시 보나니
그 옛날 지성소에 모셨던 것이라
잃었던 영광의 찬송 드높아
주의 자녀 기쁘게 왕을 뵘이라

Ⅳ. 종말의 성도여

그대의 자리는?

그 옛날의 남은 자
주 맞을 준비한 저들의 자리

목자들
박사들
시므온 할아버지
안나 할머니
그 무리 적으나 주 맞은 자리

그분으로 더불어 태양을 입은
주님 발아래 선 그대의 자리는
도와줄 이 찾지 못할 그대의 자리
달 같은 세상에 버려진 자리

면류관 열두 별, 열두 별 자리는
전파된 세상에 복음의 자리

깨어 복음으로 열매를 맺으라던
버려져도 열매 맺을 복음의 자리

오늘은
붉은 용 사탄과 싸우는
성도의 삶의 자리 오늘의 세상
성민으로 난 아이 위협하는 용
그대 용을 맞아 고통당해도
철장 들고 보신다 하늘의 자리

주님 따라 살려고 힘을 다해도
아직은 이 세상 용의 횡포, 그러나
용을 쫓는 천사장 미가엘을 바라보라
선진들의 찬양 소리 울려 퍼지는
그곳은 우리 갈 예비된 자리

내일까지

승리를 바라시는 어린양 주님

피와

말씀과

생명도 아끼잖는

그대 마음 머무를 믿음의 자리

그 품 그려 애태우나 믿음의 자리

몸 된 자리 섬기며 자라나면

용의 재앙도 피하여 내리라 주님 있음에

명 따라 증거 지킨 신실한 그대

최후까지 함께 하리 승리의 자리

용의 자리 1

첫째 자리는 사단인 용이라

에덴에서 아담을 유혹하던 사단의 왕 된 자
짐승의 대부

여자의 후손으로 오는 이와 성도를 죽이려
두 짐승 보내어 호박씨를 까는 자

바다의 짐승 자리 2

둘째 자리는 바다의 짐승
세상의 바다로부터 올라와 두려움을 모르는 자

풀과 나뭇가지로 숨기어진 거칠 것 없는 자
참람한 이름으로 무장을 한 자
일곱 머리 열 뿔에 받아 쓴 열 면류관
정치와 권력으로 교회를 핍박하며
쓰고 또 써도 부족함을 모르는 불, 불의 화신이여
히틀러
무솔리니
일제의 동조
그것은 용의 부하 바다의 짐승,

더불어 싸울 수 없는 기름에 붙여진 무서운 불씨
장담하고 망언하는 참람함이여
그 권세 사로잡고 죽게도 하는

온 땅에 임한 두려운 공포여

성역과 교회를 흔들어 훼방하며
우상을 만들고 경배하라는 바다의 짐승,
용의 사자

땅의 짐승 자리 3

셋째 자리 땅의 짐승

바다의 짐승과 세상의 왕들에게 비호를 받고

어린양의 모습으로 가면을 쓴 자

어린양을 사칭하며 용의 말을 하는 자

교회를 썩게 하고

진리를 말살하고

성도를 타락시켜 멸망으로 이끄는 거짓 지도자

바다짐승에 경배하라

양떼를 미혹하여 배교케 하는

입 벌려 하늘의 이름과 자리를 훼방하는

어린양의 대적자 땅의 짐승

그러나 확신하라 기록된 생명책

그대 이름 기록하여 그대를 기다린다

하늘의 그분만을 바라보아라

변치 않는 정금으로 그대를 바라보니

끝까지 인내하라 승리하여라

세상에 굴복하여 표 받지 말라

궁하거나 박하거나 그를 붙들라

지혜로 그 수를 헤어 볼지니 그 수는 666

짐승의 수

삼위로 역사하는 악령의 수라

종말의 성도여!

너희는 보라!
시온산에 서 있는 어린양과
십사만 사천의 성도들을
그 이마는 보석처럼 빛나니
어린양과 아버지 이름의 표라

너희는 들으라!
천성으로부터 흐르는 큰 물소리
위엄찬 그분의 뇌성벽력
어디메쯤 들리는 거문고 소리
승리자의 귓가에 들리어 온다

너희는 배우라!
앞서 간 선진과 이십사 장로들
천사와 더불어 경배할 찬송
다른 이는 모르는 구원의 신비

구속함 얻은 천성의 노래
이제는 눈을 떠 그분을 보라
이제는 기우리라 천사의 찬송을

보라
들으라
배우라,
이제는 경배하라
구속함 받을 종말의 성도여!

세 천사의 환상 1

하늘을 빨리 날아 온 땅에 전하라,
전하라 영원한 복음 천사여

우주 온 집에 거하는 사람들
또 그들의 말로 세상 끝 날이 이르기 전에
온 땅에 복된 소리 전파되리니
그때야 이 세상 끝이 나리라

그분의 말씀 영원하시다
영원, 영 ~ 원 전부터 계시던 말씀
그 말씀 세상을 창조하였고
영원토록 변함없는 진리로 오늘도 변치 않고 계시니
말씀이 육신 되어 오신 하나님
그분 만을 경외하고 영광 돌려라!

그분은 하늘과

땅과

물들의 근원

그의 심판이 이르렀으니

영광과 경배를 돌리라

온 땅이여

온 땅에 속한 족속들이여!

세 천사의 환상 2

이 땅에서 그분 영접했음에
저 하늘서 그분의 영접 받으리
영원한 복음은 영생 주는 것
영접한 이 영원한 삶을 얻으리

영접하지 않은 이에 화 있으니
큰 성 바벨론의 무너짐이라

무너졌도다
무너졌도다
큰 성 바벨론이여
모든 나라를 그의 음행으로 인하여
진노의 포도주로 먹이던 자로다

세상 권세와
세상 욕망과

세상 사치와

세상 죄의 화신된 바벨론아!

너의 가증한 숨겨진 웃음으로,

웃음으로 호려낸

벌거벗은 수치를 유혹하여 앗아간 세계를

너, 여호와의 수중의 온 세계를 취케 하는 금잔이여

온 땅을 너의 포도주로 마시고 미치게 한 자여!

너의 형상이 부수어지리라

떨어지리라

세 천사의 환상 3

복된 소리 인하여 살기보다
복된 소리를 인하여 죽어야 했던 때
짐승과 우상에 경배한 자
이마나 손에 짐승 표 받은 자
하나님의 진노의 포도주를 마시리라

어린양과
천사들과
승리자들이
섶같이 불 속에 타는 것을 보리니
복음을 버린 배교자의 운명이라

불붙는 역청의 땅엔 치미는 옹기점 연기
밤낮 없이 타는 불못에 유황과 티끌이 날린다
쉼이 없는 배교자의 옥이여!

성도의 인내가 여기 있으니
계명과 믿음을 지켰음이라

씻겨 주소서

불붙는 저편 유리 바다
맑고 빛난 세마포가 보인다
용과 짐승도 싸워 이긴
승리한 성도다

하나님께 찬양하라
높으신 그의 영광을
크고 기이한 이적을 찬양하라!
의롭고 참되신 왕이로다

그 이름을 높일지라
오직 그분만이 거룩하시도다
주의 의로우신 일이 일어났으매
그분께 경배하라

구름은 그를 가리웠고

향기는 연기되어 가득한데
그의 영광 성전에 넘쳐
가까이 할 수 없어라

화로다 나여 망하게 되었도다
천사여 내게도 핀 숯을 주오
비오니 이제 태우소서
씻겨 주소서

가람에 서면

가람에 서면

흐르는 네게 누이고 싶다

나를 맡겨 네게 잠기고 싶다

한 잎 섶으로 가람에 누워

흐르는 물에 몸을 맡기면

물은 나를 쓸어

쓸어 가거늘

죄를 쓸고

욕심도 쓸고

세상의 자랑도 쓸어 가 버려

요단 건너 저편으로 건너가기를

가람에 서서 머얼리 바라보면

앞서 간 분들의 꿈을 꾼다

세마포 하이얀 모습이어라

천사의 나팔 1

땅에 쏟기운 삼분의 일

붉은 피 섞여 우박으로 나리고
타고 사위여 버린 나무여
풀이여
풀의 꽃 같은 인생이여,
인생들이여!

천사의 나팔 2

산이 탄다
큰 산이 탄다

타는 산 삼분의 일 바다에 던지워져
피가 된 바다여

죄 없는 고기여
사공이여
깨어지는 바다의 아,
사공들이여!

천사의 나팔 3

타는 큰 불

물 샘과 강들에 떨어져,
떨어져 삼분의 일

하늘에서 떨어진 별
불타는 쑥이여!

쓰디쓴 고역으로 많은 사람을 죽인
쑥이 된 물이여!

천사의 나팔 4

침을 받은 것들

해와

달과

별들의 삼분의 일

낮도 밤도 삼켜 버린 어둠

어둠의 재앙

재앙이여!

화

화

화로다

땅에 거하는 자여

천사의 나팔 5

밑 없는 무저갱 열쇠 받아 떨어진 별이여,
연기 오르는 밑 없는 갱을 누가 막을 것인가

해와 공기가 막을 수 없는,
막을 수 없는 어두운 해와 공기 사이로
기어오르는 황충이여

고요히 자는 아이
몸 위를 기어오른들
그 어미 없으니 막을 수 없구나
올라 와 사람을 해한들
하나님의 인 없는 자, 그들의 밥인 것을 . . .

죽기를 구하나 피하는 죽음
피하기를 구하나 닥치는 괴롬

아, 어찌할까!

다섯 달 동안의 권세자 아바돈
밑 없는 무저갱의 사자를 . . .

천사의 나팔 6

결박한 유브라데 강가
천사를 놓아주라

자주
유황
흉갑의 이만만 마병

토하는 유황 불과
연기로 죽임 받은 삼분의 일

회개 않는 도적
음행
살인
복술
우상 숭배지들이다

오, 재앙의 날이여!

V. 아멘 주 예수여 오시옵소서

대접받은 천사

하늘 성전 장막 열려
하나님 영광
그 능력 가득 찬 성전의 연기
범접치 못할 영광이어라

맑고 빛난 세마포 가슴,
가슴의 금띠
천사는 일곱,
일곱 대접을 받았더라

네 생물이 전해 준 하나님 진노
가서 진노의 대접을 땅에 쏟으리!

대접의 재앙

자금 이후
주안에서 죽는 자들 복이 있도다

일곱 인의 환난을 이긴 자
일곱 나팔의 핍박을 이긴 자
환난과 핍박 중에 잃은 자의 영혼들
믿음의 능력으로 살던 순례자

이제 수고를 그치고 쉬리니
저들의 재앙을 바라보리라

흐르는 고통 · 재앙 1

쏟기워 육체에 독종

낡어 헌데는 누더기 되고
누더기 떨어져 눈 나린다

도랑물 모여 나일강
나일에 강물 흐르듯 흐르는 고통

짓물러 고통으로 흐른다

해를 먹은 바다 · 재앙 2

대접 쏟기워 바다에 지다
바다는 해를 먹고

해 먹은 바다
피로,
피로 넘친다

넘치는 피로
바다 생물,
생물은 죽어 사산死産한다

해 먹은 바다
피로
바다의 생물을 피로 말린다

공의로 흐르는 피·재앙 3

쏟기워 흘러 강물이 된다
공의로 흘러 증거 하리라
아모스의 강물 되어 흘러가리라

선지자 죽여 뿌리올 피
강물 되어 흐르는 선지자의 피
저들에게 그 피 마시우리라

저들 속에 공의로 흘러가리라
저들 뱃속으로 들어가
강물 되어 저들 속에 흘러가리라

불타는 바다 · 재앙 4

바다에 쏟기우다
권세 받아

불타는 바다
사람을 불태우다

인육이 탄다
인육이 탄다
인육이 탄다

그래도 회개 않는 버리올 영혼
하나님 훼방하여,
훼방하여 능멸하누나

불타는 바다 · 재앙 4

해가 탄 어두운 바다 · 재앙 5

짐승 보좌에 쏠기워

해가 타 버린 어두운 나라

혀를 깨무는 종기가 아픔이 된다

큰 강 유브라데에 쏟기워
마른 강물 따라 동방의 길 열리다

용과
짐승과
거짓 선지자 사단의 삼위가 입을 모은다

벗고 다녀도 부끄러움 모르는
귀신에 미친 자들
하나님 대적하는 왕들이 모인다

인류의 최후 결전
예비된 아마겟돈 전쟁,
전쟁에 터가 된 저주받은 땅이여!

공기 중에 쏟기우다 · 재앙 7

쏟기워 큰 음성

뇌성벽력

땅에 이는 큰 지진이여라

맹렬한 진노로 넘치는 잔

큰 성을 따라 깨트려지고

산악과 섬들이 침몰한다

사단에 미혹된 어리석은 자

아직도 하나님을 훼방하여 욕하는데

하늘에 큰 우박 쏟기워지다

음녀의 성 바벨론

너희가 무엇을 보려고 광야에 나갔더냐?
부드러운 옷 입은 사람이냐?
부드러운 옷 입은 자들을 보라!

붉은 자주 옷 부드럽게 휘감은 몸
금 은 보석 진주로 치장을 하고
들어 올린 금잔 번쩍이는데 더러운 음행
가증함은 가리어졌다

음욕의 미소로 땅의 임금들을 유혹하여
음행의 포도주로 취하게 한 자
많은 물 위에 거한 큰 성
부드러운 옷으로 감추인 바벨론
로마를 보라

자기의 주를 마귀에 팔고

불신과 부덕으로 유혹하며

성도들의 피와

예수 증인의 피를 취하여

포도주로 대신한 음녀 로마여

많은 음녀들의 어미 된 성

바벨론의 최후를 내가 보리라

그 이마에 색인한 빼어난 여인

배반한 과거로 죽게 되리니, 이는[1]

성도들의 피 값이라

증인의 피 값이라

---

1) 로마제국에서는 유곽에 있는 창녀들의 이마에 이름을 쓴 띠를 매고 있었다고 한다. 이것이 로마의
공식적인 창녀의 표가 되었고 또한 여러 인근의 나라들을 타락케 하는 로마를 그려낸 표시이기도
하다

음녀 탄 짐승

음녀 태운 짐승을 보려는가?
일곱 머리 열 뿔을 가졌으니
장차 무저갱으로부터 올라와 멸망으로 갈 자라

일곱 머리는 로마의 일곱 왕
하나는 현존하고
하나는 아직 오지 않았으나 잠시 있을 것이요

다섯은 지나갔고 전에 있었으나 지금은 있지 않은
부활한 네로의 화신 도미티안
능력과 위엄으로 유일하여
경배받을 하나님을 모독한 짐승

제국의 가득 찬 신들
보이지 않는 모습으로 여인을 태운 붉은 짐승,
짐승을 보라

살아서 아우구스투스

데오스

큐리오스로 불린 참람함이여[1]

포악하고 간교한 네로

공포와 혐오의 도미티안

악의 꽃 어린양의 대적자

살아 있어 숭배받는 하나님이라던 자

어린양으로 더불어 싸워 승리하리니

여인과 거기에 탄 짐승이라

---

1) 아우구스투스(Augustus)는 존경을 받는다는 뜻으로 이는 하나님께만 속한 것이니 죄요, 데오스 (Theios)는 하나님이란 뜻이며, 큐리오스(Qurios)는 주라는 뜻이다. 신약 성경에서는 데오스 (Theios)를 하나님으로, 큐리오스(Qurios)는 주님이란 뜻으로 예수님을 호칭하고 있다.

이제 찾아라 예비된 나라

천사의 외침

하늘로서 내려오다

무너졌도다 무너졌도다

큰 성 바벨론이여

하나님은 결코 용납지 않으신다

타락한 바벨론의 어제와 오늘

더럽고 가증한 귀신의 처소니

낮에 시랑과 밤에는 부엉의 깃이라

음행과 포도주에 취하는

상인의 사치와 세력으로 치부하던 곳이여!

네게 이르나니

내 백성아 거기서 떠나라!

불의한 일을 손 씻어라!

재앙을 피하라!

하나님은 불의와
사무친 죄를 잊지 않으시니
그 죄악 갑절로 갚으시리라

네가 바벨론의 애통을 듣고 보리라
왕들이 애곡을 들을 것이요
상인들이 애곡을 들을 것이요
선장들이 애곡을 들을 것이라

웅성거리던 시장을 보지 못하고
번쩍이던 축제의 불빛 다시 보지 못하리니
맷돌 소리는 멈추었고
풍악 소리도 끊기어
신랑 신부의 웃음소리도 다시 들리지 않는다

그러나 듣고 보리니

성도들과

사도들과

앞서 간 선지자들이라

넘치는 기쁨 속에 찬양을 듣고

어린양 주께 경배함도 보리니

고난과 박해를 인내로 이긴 자라

그대를 기다린다 우리 주님이

이제 찾으리 예비된 나라

청함 받은 신부여 찬양하여라

하나님을 찬양하라

천군과 천사

청함 받은 신부여 찬양하여라

음녀를 심판하고 짐승의 손에서 구원하신 이

거느린 장로와 부복한 영들의 영광을 받으시고

만물을 창조하고 섭리하는 능력의 주시라

그분의 심판 진실하여

성도의 피 값을 갚으셨도다

그분의 심판 정의로워

음녀의 거짓을 판결하도다

그분의 심판 순결하여

음행의 땅을 씻으셨도다

기뻐하고 찬양하라

어린양 혼인이 이르렀도다

백마 타고 오신다 원수를 이기시고

청함 받은 신부를 맞으러 오신다

권세로운 말씀의 신랑이시다

든든한 모습의 신랑이시다

청함 받은 신부여 세마포를 예비하라

희고 맑고 빛난 옷

신부의 옳은 행실 빛난 옷이라

혼인의 청 받은 이는 복이 있도다

어린양과 더불어 즐겨 하리니

청함 받은 신부여 기뻐하여라

청함 받은 신부여 찬양하여라

하늘 문이 열릴 때 지옥문도 열린다

하늘 문을 열고 나온 백마의 기사
충성되고 진실하여 원수를 정복하다
공의로 심판하여 싸우는 주님

그 머리 빛나는 면류관
그 눈은 불꽃 세상을 갈파하고
그 손에 철장으로 다스리시니
그 입에 예리한 검 만국을 치리라

말씀의 검으로 원수를 치시니
세마포 흰옷 피 뿌린 옷이라
하늘 군대 따르는 백마의 무리
포도주 틀을 밟는 맹렬한 진노다
진노의 잔치에 모이는 새들

왕과

장군과

장사와

말 탄 자들과

말들의 고기로 배부르리니

전쟁을 일으키고 하나님을 대적한 적그리스도다

사단과

짐승과

이적을 행하던 거짓 선지자

짐승의 표 받고 우상에 경배하라 미혹하던 자

잡혀 던지우니

영원히 타오르는 유황 불 못이라

하늘 문이 열릴 때 지옥문도 열린다

거룩한 산 시온에 왕국 서니
하늘로서 임하는 새 왕국이라

신랑 되신 주님 다스리시며
천년을 함께 살자는 그분의 위로
주님이 임하는 천년 왕국
더불어 그분과 왕 노릇하리

지옥으로 내려가는 천사는
한 손에 밑 모르는 지옥의 열쇠
다른 한 손에는 큰 쇠사슬도 가졌다

만국을 미혹하던 용 잡으니
아담을 유혹하던 옛 뱀이요
거짓의 아비 마귀요
귀신의 왕 사단이라
밑 모르는 무저갱에 던져 넣으니

천년을 거기 결박하리라

하늘 보좌에 자리 펴시니
신랑 되신 대 심판장 그분이시라

흰 보좌 앞에 펼쳐진 큰 심판
어린양 손 행위의 책 심판의 척도된다
영영한 유황 불 못 던져질 이름들
둘째 사망에 판결받는다

어린양 대 심판장 바른 손
들리어진 생명책 그 이름들
오직 주님을 구주로,
구주를 신랑으로 고백한 신부들

더 이상 네 죄 묻지 않기에
오히려 부끄러워 몸 둘 바 몰라도
아! 이것이 꿈이 아닌 걸

난 알 수 있어요
내 가슴 이렇게 뛰는 이유를

난 알 수 있어요

내 가슴 이렇게 뛰는 이유를

간밤 꿈에 뵈던 나의 그분은

모든 사람 중에서 나를 불렀죠

부러워 부럽다고 바라보던

그 많은 이들 중에 나를 끌었죠

버려진 높은 산 깊은 골에서

나 때문에 많은 눈물 흘렸었다고

아무도 오지 않는 비인 예배당

새벽을 그렇게 지키었다고

두드려도 응답 없는 수많은 문들
내 이름 전하느라 애태웠다고

보고 싶고 먹고 싶고 하고픈 일들
내 이름 지키노라 다 못한 일들

난 알 수 있어요 그분의 상급
난 알 수 있어요 그분의 위로

내 가슴 이렇게 뛰는 이유를
다른 이는 몰라도 그분 알아요

내 가슴 이렇게 뛰는 이유를
다른 이는 몰라도 나는 알아요

새 하늘 새 땅

보라 너희가 바라던 새 하늘이라
보라 너희가 바라던 새 땅이라
보라 이제 사라진 옛 바다라

짐승이 난무하던 땅 용들의 거처도 폐할 것이라
변화된 하늘의 축복된 땅
빛나는 별들아 찬양하여라

신랑 위해 예비한 신부의 단장이다
신부 위해 예비한 시아비의 자랑이다
꺼지지 않는 영원한 신방의 등
오호라 그대와 더불어 밤을 새우리

이전의 영광이 지금에 미치지 못하리니
네 열방의 젖을
네 열 왕의 유방을 빨고 자랐어도

네 슬픔의 날들을 다시 기억 않으리

태양은 기브온 위에 머무르고
달은 아얄론 골짜기에 그리할지라

다시는 자줏빛 붉은 옷을 바라지 않고
금 은 보석 진주를 탐하지 않으리니
이전의 영광이 사라졌음이라

에덴의 잃어버린 생명과 열매
에덴을 흐르던 생명의 강수로
먹고 마셔 다시는 죽지 않아 영원하리니

너는 바라라
예비하라
깨어 있어라

끝까지 참고 승리하여라

네게 주리라 새 하늘 새 땅

아멘 주 예수여 오시옵소서

알파와 오메가 시작과 나중이 되신 분
신실하고 참되시어 속히 될 일을 보이신 분
선지자와 종들과 천사를 보내어 말씀하신다

때가 가까워 예언의 말씀을 인봉하지 말라

불의를 행하는 자 그대로 불의하고
더러운 자 그대로 더럽고
행음자
살인자
거짓말하는 자
우상 숭배하는 자
생명나무 거룩한 성 제하여 버릴지라

목마른 자 값 없이 와서 생명수를 마시라!

말씀에 두루마리 옷을 빨아

의로운 자로 의 행할지니

보고 받으리라 어린양 생명과生命果

하늘이 열리기 전 어둠은 더하고

내가 진실로 속히 오리라 하시던 분

마라나타 새벽별로 에 오신다[1]

아멘 주 예수여, 오시옵소서

---

1) maranata(마라나타): 신약성서가 쓰여진 헬라어로 "아멘 주 예수여 오시옵소서"라는 말이다.

월랑 문희주(文熙周)

濟州道 出生
在 韓國, 大學&大學院 畢業
慶州文藝大學 文學修鍊
韓南大學 韓國語敎師硏修
美國 Cumberland University 名譽敎育學博士
外航船一等機關士 航海乘船
中國 延邊海洋大學 機關學敎授, 副學長
韓國 『文學21』 新人賞受賞 詩人登壇
韓國 『生活文學』 新人賞受賞 文學評論登壇
濟州 文協會員
中國 延辺詩協會員
在中 韓人文協會員

저서(著書)
『開放授業的 實際』
『論理學基礎』
『論文作成法理論&實際』

시집(詩集)
濟州道方言詩集 『유채고장 피민 삼월이우다』
航海詩集 『갈매기의 꿈』
銀婚詩集 『당신의 바다』
巡禮者敍事詩集 『실크로드를 순례자』

수필집(隨筆集)
『頭滿江辺的 哀歌』
『我愛中國』

其他 多數 專門圖書
http://cafe.daum.net/mooncafe
e-mail: ybmhj@hanmail.net

열리는 새날에

초 판 인 쇄 | 2011년 7월 7일
초 판 발 행 | 2011년 7월 7일

지 은 이 | 문희주
펴 낸 이 | 채종준
펴 낸 곳 | 한국학술정보㈜
주　　　소 | 경기도 파주시 교하읍 문발리 파주출판문화정보산업단지 513-5
전　　　화 | 031) 908-3181(대표)
팩　　　스 | 031) 908-3189
홈 페 이 지 | http://ebook.kstudy.com
E-mail | 출판사업부　publish@kstudy.com
등　　　록 | 제일산-115호(2000. 6. 19)

ISBN　　978-89-268-2387-3 03810 (Paper Book)
　　　　978-89-268-2388-0 08810 (e-Book)

는 한국학술정보(주)의 지식실용서 브랜드입니다.